SECONDE LETTRE

ET

CRITIQUE GENERALE

OV

PARALLELE

DES

TROIS POEMES EPIQUES ANCIENS,

L'Iliade, l'Odyſſée d'Homere, & l'Eneïde de Virgile ; avec le nouveau prétendu Poëme Epique, intitulé LA LIGUE, ou HENRY IV.

A Mademoiſelle DEL *****.

Le prix eſt de vingt-cinq ſols.

A PARIS,

Chez PIERRE PRAULT, à l'entrée du Quay de Gêvres, au Paradis.

______

M. DCC. XXIV.

Avec Approbation & Privilege du Roy.

On vend dans la même Boutique, la premiere Lettre, 8. ſols.

SECONDE LETTRE

ET

CRITIQUE GENERALE.

OU

PARALLELE

DES

TROIS POËMES EPIQUES ANCIENS,

AVEC

LE PRÉTENDU POËME EPIQUE,

Intitulé, LA LIGUE, OU HENRY IV.

MADEMOISELLE,

IL est permis au beau Sexe d'ignorer les regles, que les grands Maîtres de l'Art ont données du Poëme Epique. Les Ecrits d'Aristote, d'Horace, de Vossius, de Scaliger, &c.

A

qui enseignent avec quel art, quelle œconomie, & dans quelles vûès Homere & Virgile, ces deux grands Modeles, ont composé leurs Poëmes, ne font l'étude que des Sçavans qui cultivent les belles Lettres; ces regles ont fait la matiere de la premiere Lettre, que j'ay eu l'honneur de vous écrire; mais vous avez l'esprit assez éclairé, Mademoiselle, & le goût assez formé par la lecture de nos meilleurs Auteurs François, pour juger vous même des expressions de M^r. de Voltaire, & si je vous envoye de secondes reflexions sur toute la conduite de son Poëme, ce n'est que pour vous obéïr, & pour profiter de celles que vous aurez la bonté de faire sur les miennes.

I. CHANT. Les six premiers vers du prétendu Poëme Epique de la Ligue contiennent la Proposition, qui est la matiere que le Poëte se propose de traiter dans tout le cours de son ouvrage, c'est-à-dire l'action, & le Heros, qui l'execute; c'est pour cela que M^r. de Voltaire commence ainsi son Poëme.

Proposition.

> Je Chante les Combats, & ce Roy genereux,
> Qui força les François à devenir heureux,
> Qui dissipa la Ligue, &c. qui fut l'amour du Monde, &c.

Il me paroit par ce debut, que M. de Voltaire n'avoit d'abord dans l'esprit que ce Plan.

HENRY IV. Roy de Navarre, Prince Calviniste, heritier présomptif de la Couronne de France, veut après la mort d'H E N R y III. se faire couronner ; mais une Ligue qui s'étoit formée de François Catholiques, & des premiers de l'Etat, qui étoit soutenuë du Pape, & d'autres Puissances Catholiques s'opposa à ce Prince, qui à la teste de quelques François Calvinistes, & avec quelques secours étrangers d'Heretiques, défit en plusieurs rencontres la Ligue, & ne fut cependant, malgré tous ses avantages, couronné Roy, qu'après s'être fait Catholique Romain.

Mais par l'examen des neuf Chants de ce Poëme, je trouve que M. de Voltaire n'a pas executé ce qu'il promet dans la Proposition, qui ne regarde directement, que la dissipation de la Ligue, & le couronnement d'Henry IV. qui est un Heros, qui execute une action.

Au lieu d'executer ce qu'il annonce, il execute un autre dessein, où il y a deux Heros, & deux Actions, les voici.

Henry III. Roy de France s'étant attiré l'indignation du Peuple, & des premiers du Royaume, il se forma contre lui une Ligue, qui avoit pour Chefs les Ducs de Guises ; ce Prince contraint de sortir de Paris, appelle Henry IV. à son secours, pour soumettre la Ligue, & le rétablir dans son autorité Royale ; mais par l'assassinat imprévû d'Henry III. cette action cessa. Henry IV. heritier de la Couronne, pour soutenir les droits de sa naissance, combat la Ligue, qui s'oppose à son couronnement, parce qu'il eſt Calviniſte, il défait la Ligue, & n'eſt couronné Roy, qu'après s'eſtre fait Catholique.

Les cinq premiers Chants de ce fameux Poëme comprennent l'Hiſtoire d'Henry III. juſqu'au jour que Jacques Clement aſſaſſina ce Prince, qui agit toûjours dans le Poëme de concert avec Henry IV. qui ne ſonge qu'à ſoutenir les interêts du Roy, & à r'affermir l'autorité Royale chancelante, ſans aucune autre vûë, puiſque ce n'eſt qu'un aſſaſſinat, que l'eſprit de ce Heros ne pouvoit ni deviner, ni prémediter, qui, le faiſant entrer dans les droits de ſa naiſſance, cauſa par hazard ſon avenement à la Couronne, après ſa converſion.

Les quatre derniers Chants comprennent l'Hiſtoire d'Henry IV. qui agit ſeul contre la Ligue, ce qui fait une autre, & ſeule Action, qui eſt le couronnement de ce Prince.

Monſieur de Voltaire donne au Public ces deux Hiſtoires qu'il a compoſées en vers, & défigurées par ſes Epiſodes, pour un Poëme Epique auſſi regulier que l'Iliade, & l'Odyſſée d'Homere, & que l'Eneïde de Virgile, dans leſquelles on voit clairement, que le premier Heros de chaque Poëme n'a qu'un but, & n'a qu'une action à executer. Achille dans l'Iliade ne fait rien qui ne tende à ſatisfaire ſa colere & ſa vengeance contre Agamemnon : Ulyſſe dans l'Odyſſée ne ſonge durant le cours de ſes erreurs, qu'à ſe rendre à Itaque : & dans l'Eneïde,

5

Enée ne vise qu'à son établissement en Italie.

Mais la Muse de M. de Voltaire, qu'il invoque en ces termes :

Muse , raconte moy quelle haine obstinée
Arma contre Henry la France mutinée ,
Et comment nos Ayeux à leur perte courans
Au plus juste des Rois préferoient des Tyrans.

Sa Muse , dis-je , qui voit dès la Proposition, & le debut du Poëme, que le Plan en est faux, & mal conçû, est sourde, & ne daigne pas l'écouter, ni lui raconter rien, sur ce qu'il demande ; se trouvant donc hors d'haleine, après avoir chanté les dix premiers vers, & ne sçachant plus comment s'y prendre, il oublie ce qu'il a d'abord proposé, il se jette sur Valois, le déchire, & accommode de toutes piéces ce Prince, qui seroit plus épouvanté du portrait que le Poëte fait de lui, que de l'entreprise insolente de la Ligue.

Valois desolé, appelle Henry à son secours, l'engage sans égard à la qualité de Roy de Navarre, & de premier Heros du Poëme, à vouloir bien lui servir d'Ambassadeur auprès de la Reine Elisabeth ; Henry, pour conserver son caractére de bon Prince, oublie tout, ses justes ressentimens, ses interêts, & jusqu'à sa prudence même pour faire ce voyage, & devenir le Heros de l'Episode du Vieillard qu'il rencontre en Angleterre sur un rivage où il aborde, & qu'il s'amuse à contempler , comme un nouveau venu, qui n'a pas de grandes affaires, & qui n'a jamais rien vû.

Ce Vieillard venerable à qui Dieu avoit ouvert le Livre des Deſtins, retiré dans un *Bocage* habitoit *une Grote* avec la Déeſſe *Flore*, qui lui cultivoit des *Fleurs* dans un petit Jardin, où *Zephire* agitoit *le feuillage* des arbres, & où *fuyoit* une *Onde tranſparente : au bord* de ce ruiſſeau *d'eau pure*, ce bon homme offre à ce Heros *un Feſtin champêtre*, & le regale de quelques noix, comme autrefois le Rat des champs regala dans ſon trou le Rat de Ville ; & durant le repas, ils s'entretiennent de la Religion, & de Dieu : oüi, dit le Vieillard,

C'eſt à vous, Grand Bourbon, qu'il ſe fera connoître,

Vous ferez éclairé, puiſque vous voulez l'être.

Ce Dieu vous a choiſi : ſa main dans les combats,

Au Thrône des Valois va condüire vos pas.

Déja ſa voix terrible ordonne à la Victoire

De préparer pour vous les chemins de la gloire.

Mais ſi ſa Verité n'éclaire vos Eſprits,

N'eſperez point entrer dans les murs de Paris ;

Vous voyez, Mademoiſelle, que ce Vieillard a lû dans ſon Livre des Deſtins, que jamais Henry IV. ne ſera Roy de France s'il ne ſe fait Catholique Romain, & que ce ne ſera jamais par les *Combats*, quoique Dieu

Ordonne à la Victoire,

De préparer pour lui les chemins de la Gloire.

Ce Prophete, que le Poëte, en ſe contredifant toûjours ſoi-méme, fait parler contre tout ce qu'il va avancer dans le cours de son Poëme, fait entendre à Bourbon, que la resistance des Catholiques Romains n'est pas si criminelle ; qu'elle n'est pas un effet d'une politique détestable; que tant de Prêtres, de Religieux, & de Docteurs n'étoient pas des scelerats : mais que c'est Dieu qui se sert de cette resistance des Chrétiens Ortodoxes , comme d'un moyen seulement pour le forcer, & le faire le Roy Très-Chrétien ; que sa valeur, & ses victoires ne serviront qu'à signaler son nom dans le monde , & le rendre redoutable aux veritables Ennemis de la Religion.

En effet , lorsqu'il cede à la Religion, qui l'éclaire , & le fait reconnoître Roy, nous voyons, par cet évenement que Dieu, qui en est la cause premiere, a décidé de ses interêts éternels, & des droits temporels de ce Prince, d'une maniere qui fait briller sa Justice , & qui est en même temps impénétrable à l'Esprit humain, qui ne sçauroit rien imaginer que de vain, & d'inutile, quand il veut s'exprimer, & juger de ce qui arrive d'extraordinaire à nos yeux, par la volonté supréme de celui qui fait les Rois ; c'est pourquoi les Ecrits, & les discours de ceux qui veulent faire les grands Politiques, & raisonner sur les motifs, qui font agir Dieu, & les Princes de la Terre, ne font souvent que des Satyres impies, dont les traits partent plûtôt de la vanité de l'esprit fort, que de la solidité du bon, & du bel esprit.

Je reviens au Vieillard, dont le perſonnage eſt plaiſant ; quoi qu'Henry dabord fut aſſez ſimple de croire qu'il étoit avec un autre Moïſe, &,

> Qu'il étoit tranſporté dans ces temps bien-heureux,
> Où le Dieu des Humains converſoit avec eux.

Parce qu'il lui fit une belle leçon ; *craignez*, lui dit-il, *vos paſſions, reſiſtez aux plaiſirs* de l'amour, & à Gabriël d'Eſtrée ; car il l'avoit vûë ſeule avec ce Prince dans ſon Livre des Deſtins.

Dans le Roman Epique de feu Monſieur de Cambray, le Vieillard Termoſiris, qui tenoit à la main un Livre d'Hymnes en l'honneur des Dieux ; ce Prétre d'Apollon dans un Temple de Marbre, que les Rois d'Egypte avoient conſacré au Dieu dans la Forêt, où il rencontre le jeune Telemaque alors Eſclave & Berger, ce venerable Prétre fait d'un air familier une leçon à Telemaque comme à un jeune homme triſte de ſon ſort, qui n'étoit ni Roy, ni Ambaſſadeur, comme Henry ; que cette leçon eſt touchante dans le ſtile des Poëtes Payens ! que cette aventure eſt bien en ſa place ! elle eſt menagée avec autant d'art, que les aventures d'Ulyſſe dans Homere, & que celle d'Enée dans Virgile.

Ce pieux Termoſiris tenant à la main ſon Recüeil d'Hymnes ſacrées, dans ce Temple de Marbre, que des Rois avoient fait bâtir en l'honneur d'un Dieu, étoit ſans doute plus capable d'inſpirer de la veneration, que ce bon homme, que M. de Voltaire loge avec Flore dans une Grote, dont la defcription eft trop puérile, trop badine, & n'infpire aux Lecteurs dans un fujet relevé, que du mépris pour le Poëte, & pour fon Heros. Elle fent trop l'Ecolier, qui fort du College, où les Regens donnent de pareilles matieres de Vers.

Rentrons dans la Grote encore un moment, pour admirer le Vieillard, qui a vû auffi dans le Livre des Deftins, que Valois devoit être affaffiné ; car le premier Heros du Poëme ne pouvoit pas être Roy, comme il lui fait efperer, fans la mort du fecond, dont la vie, la jeuneffe, & la Pofterité qu'il pouvoit avoir, étoient le plus grand obftacle au couronnement de Bourbon ; c'eft pourquoi d'un ton Prophetique, ce Calchas du Poëme dit au Heros ; *Grand Bourbon, Dieu vous a choifi, & fa main vengereffe va conduire vos pas au Trône de Valois*, elle ne pouvoit l'y conduire que par cet accident funefte, auquel Henry IV. ne s'attendoit pas. Auffi ce Heros, qui s'apperçoit à la fin que c'eft une mauvaife rencontre, qu'il a faite, ne fait guere d'attention aux rêveries, ni aux leçons de ce Prophete de malheur, qui lui a fait perdre un temps confiderable, & précieux, qu'il devoit bien mieux employer à executer promptement fon Ambaffade, fuivant les ordres de fon Maître qui au troifiéme Chant l'attend avec impatience,

Rempli d'inquiétude,
Du Deftin des Combats craignant l'incertitude.

Trouvez-vous que ce premier chant foit un beau commencement de Poëme Epique? quand Virgile jadis invoqua fa Mufe en lui addreffant les mêmes paroles de M. de Voltaire.

Mufe, raconte-moi la caufe de tant de travaux, qu'Enée a foufferts pour l'établiffement de fon Empire; c'eft, lui dit-elle auffi tôt, parce que Junon craignoit que le nouvel Empire d'Enée ne détruisît un jour celui de Cartage, où Elle eft adorée; que fa crainte eft fondée fur les Deftins qui menaçoient de cette ruine; c'eft parce que Hebé fa fille qui verfoit le Nectar à Jupiter, a été privée de cet honneur, en faveur de Ganimede fils d'un Roy de Troye, & ce qui lui eft le plus fenfible, & qui lui eft toûjours refté dans l'efprit, comme un affront des plus atroces; c'eft parce que Paris auffi fils d'un Roy des Troyens, a preferé Venus à Elle, pour la beauté.

Voilà les raifons, que la Mufe de Virgile lui raconte de la haine obftinée, que Junon a conçüe pour le Heros de fon Eneïde; c'en eft le nœud qui fe développe d'une maniere merveilleufe, par des Epifodes liées enfemble dans tout le cours du Poëme, jufqu'à la fin, lorfque Junon appaifée, & contente des traverfes, qu'elle a fait fouffrir à Enée, remet tout à la volonté de Jupiter, & aux Deftins, ce qui fait avec la défaite de Turnus fon Rival, le dénoüement de la Piéce.

Où paroît cette regularité de nœud, & de

dénoüement dans le Poëme de la Ligue? encore, ſi, au lieu du portrait affreux que M. de Voltaire, comme un Hiſtorien, fait d'abord de Valois, ſi, dis-je, après avoir invoqué ſa Muſe, & l'avoir priée de lui raconter.

> Quelle haine obſtinée
> Arma contre Henry la France mutinée?

Elle lui eût inſpiré, & fait dire d'un ſtile Poëtique, & Chrétien, que du haut des Cieux, la Religion voyant l'état malheureux de la France, d'où elle avoit banni le Paganiſme, dès ſes premiers Rois depuis honorés du beau nom de Très Chrétiens, étoit outrée de ce qu'aujourd'hui la Molleſſe ſur le Thrône la deshonoroit par toute ſorte de vices ; & craignoit encore que l'Hereſie ne vint bien tôt lui ravir une Couronne qui lui étoit ſi chere ; que pour prévenir ces malheurs, la Sageſſe éternelle de Dieu ayant deſtiné la Couronne à Henry, avoit reſolu par les voyes impenetrables de ſa Grace, de forcer les ſentimens de ce Prince qu'il vouloit honorer du ſacré Titre de Roy Très-Chrétien, &c.

C'étoit là le nœud naturel à développer dans le cours du Poëme, puiſque la Religion en fait le dénoüement, & que Henry quoique victorieux, fut cependant obligé de ceder à la lumiere de la verité, pour être reconnu & couronné Roy de France.

Cette idée étoit contraire au projet satyrique de M. de Voltaire & à son Heros, qui ne songeoit ni à sa conversion, ni à son couronnement.

II. CHANT. Puisque Henry prenant pour des chansons les leçons du Vieillard, qu'il vient de quitter, commence par dire à la Reine d'Angleterre, que *c'est la Religion inhumaine, qui met à tous les François les armes à la main, qu'il n'est ni pour Geneve, ni pour Rome: que l'un & l'autre party est dans l'aveuglement, & dans le crime: que sans entrer dans ce qui regarde le Ciel, il lui laisse à lui-même tout le soin de se vanger: plût à Dieu*, dit-il, *que Valois eût pensé, comme Moi!* il dit *que les Guises ont armé la pieté cruelle des Catholiques contre lui.* Il complimente la Reine de son zele pour sa Secte. Il lui peint avec des traits affreux Catherine de Medicis Reine de France : il dit d'Elle, qu'elle *a tous les vices du Sexe, ce mot*, dit-il en se reprenant, *m'est échappé sans y penser*, pour vous, Madame, vous n'êtes pas de même, *vous avez tous les appas du Sexe;* mais vous êtes encore plus *homme que femme.* Il lui conte l'histoire de son enfance, & de la Saint Barthelemy, pour desennuyer la Reine, qui commençoit à bâiller.

Hé bien, Mademoiselle, M. de Voltaire ne sçait-il pas bien faire parler son Heros devant une Reine? ne lui donne t'il pas toute la presence d'esprit, & toute la politesse que doit avoir un Ambassadeur? le Poëte après avoir long-temps medité les deux ou trois vers qu'il lui met dans

la bouche, lui fait commettre une impruden-
ce, que ce Prince en parlant lui-même fur le
champ, & fans fe préparer, n'auroit jamais pû
commettre.

Ne fçait-il pas encore menager avec art
fa Nation ? les Defcendans Catholiques des
Coligny, Teligny, Renel, Guerchy, Pardail-
lan, Lavardin, Marfillac, Soubife, de Cau-
mont, ne doivent-ils pas être bien contents de
voir leurs Ancêtres celebrés dans ce Poëme
comme des Saints, & de zelés Martyrs de la
Secte Proteftante ? auffi bien que les Defcendans des Guifes, Nevers, Gondi, Tavanne
Befme, de voir que leurs Ayeux Catholiques
étoient les Principaux Acteurs d'une fcene
auffi déplorable que celle de la Saint Barthelemy?

Faites mieux, me direz-vous, comme plu-
fieurs Partifans de l'Auteur m'ont déja dit ;
auffi n'ai-je que la même réponfe à vous faire,
qu'il falloit avoir de l'efprit, & du genie, pour
avoir fait ce Poëme, mais manquer de jugement, pour l'avoir fait tel qu'il eft.

Je vous avouë, Mademoifelle, qu'il eft très
difficile de faire du fujet de la Ligue, un
Poëme, dont la lecture édifiante, agréable,
merveilleufe, & inftructive enchante le Lecteur, convienne à la Nation Françoife foumife
à l'Eglife Romaine depuis la deftruction du
Paganifme, & n'offenfe point la Pofterité des
deux Partis aujourd'hui, graces à Dieu, cal-

mes, & réunis ; les uns en lifant que leurs
Peres étoient Huguenots, & combatoient
contre la veritable Religion ; les autres en lifant que leurs Peres Catholiques Romains
étoient du nombre des Ligueurs contre leur
Roy legitime.

Il falloit un grand art dans un tel projet, pour
contenter tout le monde ; il falloit un Homere,
ou un Virgile, qui en ufant du ftile, & des expreffions du Paganifme, ont fait voir dans leurs
ouvrages, qu'ils étoient perfuadés de l'Empire,
& de la Providence d'un Dieu, & du foin qu'il
prend de difpofer abfolument de toutes chofes,
que le mal même n'arrive par fa permiffion,
que pour un grand bien ; car la maxime de
ces excellens Poëtes, étoit de recourir toûjours
à la Caufe premiere & univerfelle, & de s'arrê-
ter peu à la difcuffion des Caufes fecondes, qui
font toûjours obfcures, & prefque toûjours
incertaines ; en effet, que l'homme peut-il dire
de la journée du Defert, qui eft un exemple
terrible de la Juftice de Dieu contre les Infide-
les, & les tranfgreffeurs de fa Loy, lorfque par
fon ordre Moïfe ordonne aux Levites, Prêtres,
& Miniftres des Autels, de prendre leurs armes, & de paffer au fil de l'epée tous les Ifraeli-
tes qui avoient adoré le Veau d'or ? que peut-on,
dis-je, penfer de cette journée où il fur égorgé
environ trente quatre mille hommes ? je crois
que nous ne devons adorer que les juftes decrets de la Sageffe Divine, qui eft audeffus de

nos raiſonnemens, & de la verve des Poëtes, qui doivent plûtôt ſe taire, que de mal parler là-deſſus, & de déclamer contre les Levites, dont Dieu lui-même arma la main contre les Ennemis de Moiſe ſon Prophete, Chef de ſon Peuple, & contre ceux qui mépriſerent la Dignité d'Aaron Souverain Pontife.

Henry dans le Troiſiéme Chant, continuë ſon récit à Eliſabeth ; il conte les Exploits qu'il a faits à la Bataille de Coutras, & qu'enfin Valois, qu'il fait encore plus lâche, & plus digne de mépris, qu'il n'eſt dans le Premier Chant; *Roy ſans Sujets, s'eſt vû forcé d'implorer ſa puiſſance, & que Roy lui-même, il a défendu l'autorité d'un Roy* ſon Maître, dont il eſt Ambaſſadeur. Ne ſont-ce pas là de grands ſentimens ? un Poëte avec un ſi beau talent, peut faire parler les Rois, les introduire ſur la Scene, manier avec art toutes les paſſions, & faire briller toutes les vertus Romaines, ſans craindre d'être opprimé des ſiflets du Parterre, dont le goût dépravé oſe rejetter Marianne, & redemander Inés de Caſtro.

Nous voilà au Chant favori de Mr de Voltaire, c'eſt celui que ſes flateurs admirent le plus, pour l'amour, & en conſideration de deux Déeſſes Infernales qu'il fait agir : Voyons ſi ſes idées ſont auſſi juſtes, & auſſi grandes que celles d'Homere & de Virgile, qui dans leurs expreſſions, & leurs fictions ingenieuſes, faiſant partir immediatement de la volonté de Dieu, tous les

III. Chant.

IV. Chant.

évenemens extraordinaires, & tous les effets merveilleux de la Nature, nous mettent continuellement dans une agréable, sainte & religieuse admiration de la Cause premiére, ce qui a fourni au Poëte François ces beaux Vers, que que nous lisons dans son Art Poëtique.

> D'un air plus grand encor la Poësie Epique,
> Dans le vaste recit d'une longue action,
> Se soutient par la Fable, & vit de Fiction ;
> Là pour nous enchanter, tout est mis en usage,
> Tout prend un corps, une ame, un esprit, un visage,
> Chaque Vertu devient une Divinité
> Minerve est la Prudence, & Venus la Beauté.
> Ce n'est plus la vapeur qui produit le Tonnerre,
> C'est Jupiter armé pour effraïer la Terre.
> Un nuage terrible aux yeux des Matelots
> C'est Neptune en courroux qui gourmande les Flots.
>
> . . . .
>
> Sans tous ces ornemens le Vers tombe en langueur,
> La Poësie est morte, & rampe sans vigueur,
> Le Poëte n'est plus qu'un Orateur timide,
> Qu'un froid Historien d'une Fable insipide.

La lecture du Poëme de la Ligue, fait sentir la verité de ces quinze beaux Vers, qui font infiniment plus de plaisir, quand on les lit, que les trois mille environ contenus dans les neuf Chants, qu'une complaisance respectueuse, que j'ai pour vous, m'oblige de lire.

Je préviens, Mademoiselle, votre pensée ; vous me dites d'abord ; N'a-t-il pas suivi ce Précepte ? N'a-t-il pas donné un corps, une ame,

un

un esprit, un visage à la Discorde, & à la Politique, il est vrai, mais *avec les vestemens, &
les voiles sacrés de la Religion*, qu'il fait prendre
à ces Divinités sacrilegues, & dont il orne *leur
teste impure*, leur donnant la voix du saint Esprit, qui est la *Verité*: elles volent de la Cour
de Rome, où il place *leur sejour ordinaire, & pe-
netrent au sein de la Sorbonne*, pour faire de tous
les Docteurs, autant de scelerats, qui ne sui-
vent que leur ambition, & leur cupidité; belle
imagination! trouvez-vous que de pareilles Allegories soient belles, & bien placées? croyez-
vous que nos deux anciens Poëtes payens, dont
toutes les fictions allegoriques renferment une
morale pieuse, & n'inspirent que la crainte des
Dieux, & du respect pour les Ministres de
leurs Autels, se fussent jamais avisés de se servir de tours aussi scandaleux, s'ils avoient eû
à composer le Poëme de la Ligue?

Homere dès le commencement de son Iliade,
nous apprend qu'Apollon envoya la peste dans
le camp des Grecs, pour les punir de ce qu'A-
gamemnon retenoit dans sa tente la fille de
Chryses Prêtre du Dieu, & que ce fleau ne
cessa qu'après avoir renvoyé Chryseide à son
pere, & reparé par là le crime de ce Prince,
qui fut cause d'une mesintelligence si perni-
cieuse à toure l'armée, dont il étoit le chef. Voilà
comme il inspiroit dans ses ouvrages le respect
qu'on doit avoir pour les Dieux, & pour leurs
Prêtres.

Dans une action auſſi grave , & auſſi im-
portante que celle que Monſieur de Voltaire
à choiſie , ne prendre que ce qu'il y a de plus
mauvais , & de plus digne d'oubli dans l'hiſtoire , & venir dans un prétendu Poëme Epique en préſenter aux yeux du public des pein-
tures ſcandaleuſes , en habillant le vice des
habits de la vertu, pour aller faire une inſulte
à la Religion ; c'eſt juſtement le caractere du
Poëte, que Boileau dans ſes vers , que je viens
de citer , n'appelle ,

> Qu'un froid Hiſtorien d'une fable inſipide.

Boileau lui même , que vous citez , me direz-vous , cet Auteur que vous mettez bien
au-deſſus de ces Rouſſeaux , & de ces Voltai-
res , à cauſe de ſa ſageſſe & de ſon élegance
attique , a fait auſſi dans ſon Lutrin une Epi-
ſode de la Diſcorde ; il la fait ſortir des Cor-
deliers , pour aller aux Minimes ; elle fait ſoutenir un ſiége aux Auguſtins ,

> Et d'un bonnet quarré couvrant ſa tête énorme ,
> Elle prend d'un vieux Chantre, & la taille & la forme ,
> Elle peint de boutons ſon viſage guerrier , &c.

Quelle difference ! ce grand Poëte n'a voulu
que badiner ſur un differend très leger , qui
s'émut entre le Tréſorier & le Chantre de la
ſainte Chapelle, c'eſt tout ce qu'il y a de vrai,
le reſte n'eſt qu'une fiction , qui divertit ſans
offenſer perſonne ; il eſt permis de rire dans un

fujet, qui n'eft qu'une bagatelle, & de peu d'im-
portance ; mais dans un fujet ferieux, & élevé,
comme celui du Poëme en queftion, où la politique du Confeil des fouverains Pontifes, auffi-
bien que des Rois, n'eft qu'une influence de
la Sageffe fuprême de Dieu, puifque tous les
Souverains, & les Monarques font fes images
vifibles, nous devons n'avoir, & n'infpirer que
du refpeƈt, & de la veneration pour eux, &
pour leur Confeil, autrement c'eft tout ren-
verfer.

Vous fentez mieux que moy la difference
qu'il y a entre un Lutrin, que l'on abbat, &
que l'on releve dans un chœur, & le Trône du
Roy Très Chrétien, que l'on difpute, & dont
on veut éloigner l'Héréfie ; alors il ne s'agit pas
de Satyres, qui ne fervent qu'à faire rire nos
Voifins herétiques, qui nous traitent ironique-
ment de Papiftes : auffi dit-on qu'en Hollande
on imprime déja ce beau Poëme avec des figu-
res deffinées d'après les belles idées de l'Auteur, comme un monument, qui fera toûjours
honneur à toutes les differentes Sectes du Nord,
& comme un Martyrologe de leur faints de la
trifte journée de faint Barthelemy : avez-vous
vû, qu'un Voltaire Proteftant ait fait une pareille Satyre contre le Confiftoire des Miniftres
du Prêche? ce font pourtant ces beaux endroits
du Poëme, qu'à Paris les petits Maîtres goutent
le plus, & j'ai même oüi dire à un Pedant que
cet ouvrage faifoit honneur à la Nation, mais

ces fentimens ne font qu'une preuve trop cer-
taine de la corruption du bon goût , & des
bonnes mœurs. Combien de gens qui n'ont pas
lû , ou du moins n'ont fait que feüilleter ce
Poëme, n'en parlent que comme les Echos de
certaines gens répandus dans les compagnies,
qui font les bons connoiffeurs , & affectent le
bel efprit.

Le grand monde eft plein de pareils juges
qui donnent à un méchant Livre une vogue,
& une réputation, qui n'étant fondée que fur
une prévention frivole , n'eft qu'un éclair , &
ce qui a valu deux piftoles fous le manteau,
quelque temps après ne vaut pas deux oboles
fur les Quays.

Dans l'Azyle , où la Difcorde , & la Politique mafquées allerent trouver la Religion :
ces Monftres la virent en priéres , brulante d'a-
mour pour Henri I V. impatiente de voir regner , & d'adopter ce Heros pour fon fils ,

Elle l'en croyoit digne , & fes ardens foupirs
Hatoient cet heureux temps trop lent pour fes défirs.

C'eft par cette Allegorie de la Religion , qu'il
prétend préparer le Lecteur au denoüément de
la piéce par l'affaffinat de Valois, qui va bientôt arriver dans le chant fuivant ; la Religion
ne l'aime point quoique Catholique, & ne prie
pas pour lui ; mais Bourbon, qui la traite d'*inhumaine* , dont il ne fe foucie , dit-il dans le fecond chant , *non plus que de la Secte de Genéve*,

puisqu'elle ceint de son bandeau les yeux du Peuple, & qu'elle n'enflame de son zele les Citoyens, que pour les obliger à s'égorger entr'eux ; & qu'enfin elle est la source sacrée des maux que la France souffre ; tous ceux qui sont ses enfans, & composent son parti n'étant que des aveugles., malgré tous ces blasphemes, ce premier Héros du Poëme est seul l'objet de ses amours, elle aime son caractere, & les beaux sentimens que son Poëte lui met dans la bouche, & vous ne verrez point Valois après sa mort dans le Paradis de Monsieur de Voltaire, c'est une invention toute nouvelle, & des plus curieuses, qui doit bien vous divertir, après un examen fort court du cinquiéme chant, où le pauvre Valois maltraité du Poëte, & de ses sujets, enfin va remplir sa carriere malheureuse, sans esperance du bonheur de l'autre monde, que le Poëte ne destine, & ne fera voir qu'à Bourbon.

Pour faire deux ou trois cens vers sur l'assassinat de Valois, le Poëte tombe d'abord sur les Religieux, parle de leur origine, de leur maniere de vivre, & de leurs mœurs corrompuës par le commerce du monde, pour venir à un particulier, qui est Jacques Clement Jacobin, à qui il met dans la bouche une priére de Fanatique, & d'un Poëte qui est dans sa fureur de rimer ; la Discorde l'entend, la va porter aux Enfers, d'où il sort un Monstre sous la taille & la forme du Duc de Guise, qui va trouver Clement, lui fait, pour l'animer, une

V. CHANT.

B iij

amplification de Rhetorique , auſſi-tôt Clément avec un poignard que Guiſe lui a donné , va droit ſe préſenter au Roy , le harangue , & en lui préſentant une lettre , lui porte un coup du couteau , qu'il cachoit ſous ſa robe ; l'Hiſtorien raconte ce fait tel qu'il eſt , mais le Poëte , pour l'orner , en fait rire , & danſer tout Paris , & pleurer ſon Heros à cauſe de ſa bonté , lequel vous allez pourtant voir dormir en repos , & faire un beau rêve dans le chant , qui ſuit.

VI. CHANT. Nous arrivons , Mademoiſelle à la porte du Paradis , où le premier Héros du Poëme , bien content de la mort du ſecond qui l'embáraſſoit , dort déja tranquillement , & d'un profond ſommeil

> Henri prêt d'affronter de nouvelles allarmes ,
> Endormi dans ſon camp , repoſe ſur ſes armes.

Saint Loüis avec ſon diadême lui apparoît en ſonge , & en vingt vers d'un ſtile de Noſtradamus à peu près ; *la Vertu* , dit-il , *vous guida toûjours ſur ma trace , & a r'approché l'eſpace du temps qui nous ſépare ,*

> Mais qu'ils ſont encor loin ces temps , ces heureux temps ,
> Où Dieu doit vous compter au rang de ſes Enfans !
> Que vous éprouverez de foibleſſes honteuſes !
> Et que vous marcherez dans des routes trompeuſes !
> Je reconnois mon ſang que Dieu vous a tranſmis , &c.
> Poſſedez ma ſageſſe ,

Les Saints parlent-ils dans le Ciel ſans modeftie , & fans fçavoir ce qu'ils difent ? ce Saint l'a toûjours vû marcher fur fa *trace* , & Henri pourtant *marche dans des routes trompeufes*. La rime , & la raifon ne s'accordent guere dans la bouche du Saint.

Enfuite l'imagination de Monfieur de Voltaire l'emporte , & le promene dans ces *tourbillons* , dont le monde de Defcartes eft compofé , parmi lefquels il lui apparoît *un Globe rempli d'ames , qui vont animer les hommes dans des mondes divers* , dont Monfieur de Fontenelles a compofé la pluralité : ces réveries là , Mademoifelle vous plaifent-elles beaucoup ? elles doivent bien vous faire rire.

Saint Loüis defcend aux Enfers avec Henri, comme la Sibille jadis avec Enée ; les Monftres , que le Poëte place à la porte , prennent le Saint pour Dieu même , qui conduit ce Heros , amoins que le mot de (*pardieu*) ne foit un jurement d'un de ces Monftres étonnés.

Quel mortel, difent-ils , par Dieu même conduit ,
Vient effrayer l'Enfer , & l'éternelle nuit ?

Il voit d'abord l'affaffin de Valois avec *le Couteau* que le Confeil des Seize lui avoit donné ; apparemment que Clement avoit oublié celui que le Duc de Guife forti des Enfers vient de lui donner auffi dans le chant precedent , & dont il a fait auffi tôt fon coup.

Au fortir des Enfers faint Loüis le méne dans

ce Paradis nouveau, où Molinos a établi le Quiétisme, car,

La Volupté tranquille y répand ses douceurs,
Amour, en ces climats tout ressent ton Empire, &c.

Charlemagne & Clovis y sont sur un Thrône d'or, comme les Rois dans les contes des Fées, dont on amuse les enfans ; Loüis XII. y est grand comme un chéne de la forêt de saint Germain, ou comme un Cédre du Liban, qu'importe ? Le Cardinal d'Amboise ; la Trimoüille, Clisson, Mommorenci, de Foix, Guesclin, Dunois, la Pucelle d'Orleans sont les Elus, & les Bien-heureux de ce beau Paradis : Antoine de Navarre y est aussi ; mais dès que son fils Henri l'apperçoit, il est si surpris, qu'il tombe pâmé de joye aux pieds de son pere, dont l'état de Bienheureux le confirme dans l'Hérésie de Calvin ; cependant il revient de son étonnement, & lui apprend des nouvelles de France.

Et ses premiers travaux, & ses derniers exploits,

Antoine vouloit lui parler du Calvinisme, mais saint Loüis plus fin, interrompit cette conversation, qui ne lui plaisoit pas, & le retirant de cette compagnie suspecte, suivez,

Suivez mes pas, dit-il, au temple des Destins,
Avançons il est temps, &c.

Les portes de ce temple font d'Airain ; dans le Sanctuaire paroît un Autel de fer , fur lequel il y a le livre inexplicable , dont Monfieur de Voltaire a feul la clef, car tout ceci eft un nouveau myftere , qui n'a jamais été revelé qu'à lui : c'eft de ce livre, qu'il a tiré tout ce qu'il va dire des Defcendans de fon Heros ; c'eft là où il a pris des copies de leurs portraits ; voyez s'ils font tous auffi reffemblants, que celui de Loüis XIV. qui eft peint environné d'un amas d'efclaves à genoux , qu'il fait trembler.

Ciel ! quel pompeux amas d'Efclaves à genoux ,
Eft aux pieds de ce Roy , qui les fait trembler tous !

S'il n'avoit pas mis le nom à la marge, d'abord à ces traits , je l'aurois pris pour le Roy de Maroc , qui fabre , quand il lui plaît , fes fujets , & fes efclaves à genoux devant lui.

Il n'a pas voulu copier le portrait de Loüis XV, qui devroit pourtant être bien peint dans ce livre des Deftins , dont il n'a extrait que ces deux ou trois mots.

Un foible rejetton
De l'Empire François douce & frêle efperante.

Il valloit autant n'en rien dire du tout , car ces deux ou trois mots n'empêchent pas que le filence du Poëte ne foit une injure , & une impertinence , qui laiffe à foupçonner qu'il y a dans ce ridicule livre des Deftins quelque chofe

qu'il ne veut pas dire , & qui n'eſt pas avan-
tageux au ſujet de ce jeune Monarque, dont
il n'y a que beaucoup de bien à dire , & à eſ-
perer.

Le reſte eſt une exhortation de ſaint Loüis
à Meſſieurs de Villeroy , & Fleury ; ou plûtôt
à leurs portraits qui étoient là accrochés , à qui
il dit d'un ton fier, parlant de Loüis XV. (car
la fierté ſied encore aux Saints dans ce Paradis)

Qu'il imite , s'il peut, Henry I V. & moy-même.

Apeine eût-il prononçé ces paroles pleines
d'une fiere indifference que d'abord

Du temple du Deſtin les portes ſe fermerent ,
Et les voutes des Cieux devant lui s'éclipſerent ,

& toutes les viſions cornuës de Monſieur de
Voltaire diſparurent.

Vous a-t'on enſeigné , Mademoiſelle toute
cette doctrine dans vôtre enfance, quand vous
appreniez votre Cathechiſme ? je vous laiſſe à
penſer combien on ſe feroit mocqué de Virgile dans Rome , s'il avoit feint de ſa tête un
autre Paradis que les Champs Eliſiens , dont
tout ce qu'il dit eſt la doctrine payenne que les
Romains ſçavoient dès leur enfance.

Le Rameau d'or , & la Sibille , qui n'eſt
qu'une fiction , me font beaucoup plus de plaiſir , que ce Saint avec ſon diadême , qui me

fait pitié dans l'Enfer, auſſi-bien que dans le Temple des Deſtins.

Je ne vous parle pas de

Cette Eſclave ſi fiere
Par d'inviſibles nœuds en ces lieux priſonniere,
Sous un joug innocent que rien ne peut briſer, &c.

Parce que ce n'eſt qu'une Enigme fort obſcure, & difficile à deviner, je vous dirai ſeulement que le mot de l'Enigme eſt la Liberté, le Poëte a eu le ſoin de mettre en tête ce mot, que perſonne n'auroit trouvé, ſi ce n'eſt, à ce que l'on dit, un grand ſeigneur ſçavant, qui eſtime fort ce ſtile Enigmatique, dans lequel la Liberté eſt ici enveloppée; je m'en rapporte aux Princes de l'Ecole, le grand Auguſtin, le Docteur Angelique, & Molina; je laiſſe cette étude à leurs Diſciples modernes, qui veulent tous aujourd'hui avoir la gloire d'expliquer le mieux ces Enigmes ſcholaſtiques; pour moi je n'y comprends rien, & je m'en tiens à ce que ma Muſe inconnuë m'inſpira dès ſa naiſſance,

Heureux cent fois heureux qui né dans la Chaumiere,
Ne ſçait rien qu'au Seigneur adreſſer ſa priere,
Qui lui vient chaque jour d'un air humble, innocent,
Dire, je crois en Dieu le Pere tout puiſſant !
Sans ſçavoir ce que c'eſt que Theſes, que Sorbonnes,
Il ſçait que vous vivez, Seigneur, en trois perſonnes.
Il ſçait vous adorer comme ſon Createur;
Et connoît votre fils pour ſon vray Redempteur.

Sans vouloir pénétrer ce point qui nous surpasse,

Il ne s'agite point l'esprit sur votre Grace ;

Par elle seulement il sçait qu'il est Chrétien,

Que trop foible sans elle un pécheur ne peut rien.

Mais dans ce doux repos d'une sainte ignorance,

Son ame en Vous, Seigneur est pleine d'esperance,

Après la vie attend votre éternel séjour ;

Simple ainsi dans sa foi, sincere en son amour,

Vous offrant les matins son cœur, & ses journées,

Il passe innocemment le cours de ses années,

Et souvent tous ces grands, & ces subtils esprits,

Dont on voit tous les jours paroître les écrits,

Et sur le Libre Arbitre, & sur le Jansenisme,

Avec tout leur sçavoir meurent dans l'Athéisme, &c.

VII.
CHANT:

Près des bords de l'Itton, & des rives de l'Eure,

Est un champ fortuné l'amour de la Nature.

Le voilà encore engagé dans ses jolies descriptions, qu'il aime tant, & qu'on lui a tant de fois données au College, pour matiere de Vers. Les Bergers, leurs Musettes, les Echos, les Nimphes d'une course rapide ; le Daim leger, & le Chevreüil timide le réjoüissent aussi-bien que les Ondes de l'Eure, & de l'Itton, qui s'allarment au bruit de l'Armée qui s'avance, toutes ces petites images viennent là aussi mal-à-propos que

Turenne qui depuis de la jeune Boüillon,

Merita dans Sedan la puissance & le nom,

Puissance malheureuse, & trop mal conservée,

Et par Armand détruite aussi-tôt qu'élevée.

Que merite Monsieur de Voltaire pour ce

trait d'hiſtoire ? dans quel deſſein le fourer là ?
il me ſemble pour moi, qu'en face des perſonnes, il n'eſt pas honnête de parler de ce qui
peut leur faire déplaiſir, & les abbaiſſer, ſur-
tout quand il s'agit de perſonnes auſſi conſide-
rables que les Ducs de Boüillon : ces licences
Poëtiques ſont d'un mauvais goût.

Un Abbé pedant de peu de ſens, & de peu de
jugement, qui feüilletoit le Poëme de la Ligue,
comme preſque tout le monde fait, parce que
rien n'y arrête l'eſprit, tomba ſur ces deux
vers, qu'Henri prêt de combattre adreſſe à
ſon armée campée dans la plaine d'Ivri.

> Vous êtes nés François, & je ſuis votre Roy,
> Voilà nos ennemis, marchez, & ſuivez-moi.

En faiſant ſonner ces deux vers, voilà, di-
ſoit-il les deux plus beaux vers du Poëme,
j'en conviens, lui dis-je, mais ſi Henri les
avoit dit à la tête des François contre les Turcs,
ne ſeroient-ils pas plus beaux ? ſous le fard des
paroles, & dans le faſte des vers, ce Pedant
ſans goût, comme bien d'autres lecteurs d'un
plus haut rang, n'apperçevoit pas la foibleſſe
de cette penſée, qui étoit belle, & pleine de force
dans la bouche du Général, qui le premier la
prononça à la tête des Romains contre des
Barbares ; mais elle auroit eû bien moins de
force dans la bouche de Céſar, lorſque dans
la plaine de Pharſale, il fit combattre Citoïens
contre Citoïens, Parens contre Parens, & Fre-

res contre Freres ; car auroit-il bien donné du courage à ſes ſoldats , s'il leur avoit dit *vous êtes nés Romains , je ſuis votre Général , voilà nos ennemis* auſſi nés Romains , nos Parens , & nos Freres , ſuivez moy , & paſſez-les tous au fil de l'épée : Ce grand Capitaine qui ſçavoit commander , & parler plus-à-propos , voyant que l'Armée qu'il avoit à combattre , n'étoit que de Chevaliers , & de petits Maîtres Romains mouchetés , poudrés , friſés , & effeminés , comme nos petits Maîtres , & vous autres Meſſieurs les Abbés d'aujourd'hui , ce grand Capitaine dis-je , pour inſpirer du mépris , & de l'indignation contre ces Guerriers polis , & du bon air , frappez , dit-il à ſes vieux ſoldats aggueris , frappez au travers du viſage , voilà , monſieur l'Abbé , comme Ceſar penſe & parle à propos , que trouvez-vous encore à votre goût dans ce Poëme , c'eſt le Temple de l'Amour , dit l'Abbé.

Laiſſons donc la deſcription de la bataille d'Ivri , auſſi-bien nous n'y verrions qu'une peinture à l'antique de combatans armés de Caſques , & de Boucliers

> Qui s'attaquent cent fois , & cent fois ſe repouſſent
> Deffendus par leur Caſque , & par leur Bouclier.

Nous n'y verrions que ſang , que fureur , que termes ampoullés , que faux brillans , & les Heros favoris du Poëte , qui font de grandes proüeſſes , comparés aux Dieux , c'eſt l'or-

dinaire , ainſi voyons ce Temple de l'Amour
que Monſieur l'abbé eſtime tant.

Je vous avoüe , Mademoiſelle , que cette **VIII.**
deſcription de l'entrée de ce Temple eſt aſſez **CHANT.**
jolie , & plus aimable que celle de tous ces
combats , où je ne ſçaurois ſouffrir tout de
ſuite tant de noms d'illuſtres Maiſons , que le
Poëte n'a pas aſſez reſpectées , comme ,

> Nemours , Aumale , Elbœuf, & Villars & Briſſac,
> La Chatre , Boisdauphin , ſaint Paul, & Canillac,
> D'un coupable Parti deffenſeurs intrepides.

J'aime bien mieux voir Monſieur de Voltaire
ſans ceſſe en s'égayant décrire un *Bocage* , *une*
Grotte , *la Muſette* , *& le Berger* , il s'en acquite
fort bien , il aime la *verdure & les fleurs*, & dans
ſon prétendu Poëme Epique , au milieu du
carnage & des combats ,

> Partout on voit meurir , partout on voit éclore
> Et les fruits de Pomone , & les préſens de Flore.

Quoyque je croye que toutes ces deſcriptions ne lui coutent guere , & ne ſont que des
morceaux couſus , & des matieres de vers ,
comme je vous ai déja dit , que l'on donne
aux Ecoliers , j'en ay moy-même fait un Re-
cuëil étant au College. Mais que le Sanctuaire
de ce Temple eſt affreux ! c'eſt là que ,

> La haine , & le couroux repandent leur venin ,
> C'eſt là , c'eſt au milieu de cette Cour affreuſe,
> Que l'Amour à choiſi ſon éternel ſéjour.

C'eſt là que la Diſcorde , qui pour la premiere fois , traite de frere , ce tendre enfant, va le trouver *couché parmi les fleurs ?* dans ce Sanctuaire , que des Monſtres infectent de *leur venin.* Eſt-ce là traiter une matiere avec bien de l'exactitude , & bien du jugement ! n'eſt ce pas l'infecter ?

Après la harangue de la Diſcorde , qui engage l'Amour, & lui perſuade d'aller amollir le courage d'Henri , il part & va le trouver dans une partie de Chaſſe où,

> Mille jeunes guerriers à travers les guerets ,
> Pourſuivoient avec lui les hôtes des Foreſts ,

& tiroient aux petits Oiſeaux ; voilà de nobles idées : cette phraſe Poëtique , *les hôtes des Forets* , eſt bien miſe en œuvre , par la main d'un grand Maître , lorſque dans une de ſes plus élegantes fables , le Renard dit au Corbeau pour le flater , qu'il eſt *le Phænix des hôtes de ces bois :* vous ne direz pas contre ma critique que les Cerfs ſont auſſi les hôtes des bois , quand vous comparerez les deux endroits où cette expreſſion métaphorique eſt employée : la rime, quand elle eſt riche , & belle , ébloüit la raiſon, qui des guerets va s'égarer icy dans les forets.

En un mot l'Amour fait ſi-bien qu'Henri devient un Enée pour Gabriel Deſtrée , & Gabriel Deſtrée une Didon pour Henri , qui bientôt après obligé de la quitter , la laiſſe preſque morte de chagrin , ſi l'amour ne l'avoit conſolée folée par l'efperance de revoir fon amant. On voit tous les jours de pareilles hiftoriettes dans les Romans : rien n'eft plus ufé , c'eft un hors d'œuvre , & une fade imitation de la plus belle Epifode de Virgile : Monfieur de Voltaire dans fon Poëme imite ce grand Poëte , comme les enfans dans leurs jeux pueriles imitent les Rois , & les grands Heros : en effet l'Epifode de Didon n'eft pas feulement employée pour allonger , ou pour orner l'Eneïde ; mais la vûë de cet excellent genie a été de faire rentrer , pour ainfi dire , dans le corps de fon Action , l'hiftoire future de Carthage , & tous les avantages que Rome un jour devoit remporter fur cette puiffante Ville , c'eft ce qu'il a fait par une Allegorie , & par une conduite qu'on ne fçauroit admirer.

Le Temps vole , & fa perte eft toujours dangereufe.

C'eft par une fentence , que Monfieur de Voltaire commence fon dernier chant, je trouve qu'il a raifon , & que nous avons tort de perdre du temps envain, vous, Mademoifelle, à lire mes reflexions, & moi à les faire, car elles ne font pas plus utiles à l'Etat, que le Poëme de la Ligue , dont l'Auteur fur la fin commençant à devenir moral , fait des leçons , & reproche à fon Heros,

Ces jours , ces doux momens perdus dans la molleffe.

Enfuite ce Poëte hiftorien dit,

C

C'eſt un uſage antique, & ſacré parmi Nous,

que *les Etats aſſemblés* peuvent au deffaut d'un Prince heritier de la Couronne *choiſir un Roy, & changer les Loix de l'Etat,* qu'en pareille occaſion les *Decrets de nos Ayeux,*

Au rang de Charlemagne ont placé les Capets,

Ce terme de *Capets* n'eſt pas beau dans un Poëme heroïque, laiſſons les *Capets* à l'hiſtoire, & à ces petits morceaux de Poëſie Marotique, dont l'Auteur de la Ligue me ſemble plus capable que d'une Eneïde, auſſi-bien que ces Auteurs qui ne doivent toute leur reputation qu'à des ſaillies obſcenes & impies, telles que la Berſabée, & la Moïſade, les chéres Délices des Spinoſa du temps.

Virgile homme d'un goût plus exquis, & plus ſage dans le choix de ſes mots, qui doivent ne rien préſenter à l'eſprit que d'agréable, n'auroit pas uſé de ce mot de *Capets,* s'il avoit été Poëte François, & Auguſte un Capet. Ecoutez ce qui ſuit.

Là ne parurent point les Princes, les Seigneurs,

De nos antiques Pairs auguſtes ſucceſſeurs,

Qui près des Rois aſſis, nés Juges de la France

Du pouvoir qu'ils n'ont plus conſervent l'apparence.

Un homme de bon ſens auroit encore retranché du moins le dernier de ces quatre vers, qui eſt une impoliteſſe, dans laquelle une perſonne bien élevée ne tomberoit pas en préſence d'un

Duc & Pair , qui auroit des sentimens dignes de sa qualité , & je ne vois pas de quelle utilité ce vers peut être dans ce Poëme , si ce n'est pour rimer , ou pour choquer tout le noble corps des Ducs.

Dans l'assemblée des Etats , d'Aubray se leve , & prend la parole ; & Monsieur de Voltaire le faisant parler autrement qu'il n'a fait , & lui faisant confondre la veritable Religion avec toutes les autres Sectes , comme il l'a confonduë déja plusieurs fois dans le cours de son Poëme , dit de son Heros ,

Il sçait dans toute Secte honorer les vertus ,
Respecter votre culte , & même vos abus ,
Tout est libre avec lui , lui seul ne peut-il l'être ?

Vous concevez bien par le sens de ces paroles , combien elles sont indecentes dans la bouche d'un Catholique ; le second & le troisiéme vers sur-tout sont injurieux à un Roy qui doit reprimer les abus , & faire partout avec lui regner & vivre la vertu en liberté.

Dans la description qu'il fait de la famine , où sa verve toûjours en fureur exhale son fiel contre

Ces Prêtres , ces Docteurs fanatiques ,
Vivant dans l'abondance à l'ombre des Autels , &c.

Il fait en cinquante ou soixante vers le recit d'une fable qui fait horreur , & que quelque mechant Esprit nouvelliste de ce temps-là inventa, & fit courrir comme une chofe vraye, ce qui neantmoins à confulter les fentimens de la nature, n'eft pas même vraifemblable ; ces fortes de bruits font ordinaires parmi la populace , furtout dans des troubles auffi déplorables que ceux de la Ligue ; je ne puis excufer cette horrible defcription d'une femme qui fait rotir fon enfant pour le manger , que parce qu'elle eft accommodée au caractere general du Poëme qui eft la rage , la fureur, & le defefpoir ; ce caractere y regne partout , & altere même la bonté de fon Heros.

> Enfin les temps affreux alloient être accomplis,
> Qu'aux plaines d'Albion le Ciel avoit predits,

Pourquoi fe fervir de ces mots, *enfin les temps affreux* , & non pas les temps heureux alloient être accomplis , puifque le vieillard du premier chant , dont il r'appelle ici la prédiction , ne prédifoit que la converfion d'Henry, laquelle a fait fon bonheur , & celui des François, comme Monfieur de Voltaire l'exprime dans ces quatre vers , qui contiennent la prédiction.

> Enfin quand vous aurez par un effet fuprême
> Triomphé des Ligueurs , & fur-tout de vous même,
> Ces temps de vos Etats finiront les miferes,
> Vous leverez les yeux vers le Dieu de vos Peres.

Mais , comme je viens de dire , ce terme d'*affreux* eft dans le caractere general du Poëme, & du Poëte rempli de fureur ; jufque dans la

description même du Thrône de Dieu, c'eſt
delà, dit-il, que,

> Par des coups effrayans ſouvent ce Dieu jaloux,
> A ſur les Nations étendu ſon couroux.

Il fait parler ſaint Loüis du même ton, quand
il nous le repreſente devant Dieu à qui il s'a-
dreſſe & parle en ces termes *d'une voix gemiſſante*

> Pere de l'Univers
> Voi ce Roy triomphant, ce foudre de la guerre;
> L'exemple, la terreur, & l'amour de la Terre;

Sont-ce-là les accens d'une voix gemiſſante?
ces mots de *foudre*, de *terreur*, ne donnent-ils
pas quelque atteinte à la ſainteté du Saint, &
à la bonté du Heros?

Saint Loüis plein de la fureur poëtique de
Monſieur de Voltaire, aulieu de prier Dieu
en lui parlant de la converſion d'Henry, le
querelle, lui apprend ſon devoir, & d'un ton
de Maître lui fait ce reproche;

> Avec tant de vertu n'as-tu formé ſon cœur
> Que pour l'abandouner aux Piéges de l'erreur?
> Faut-il que de tes mains le plus parfait ouvrage,
> N'offre au Dieu qui l'a fait qu'un criminel hommage?
> Ha! ſi du grand Henry ton culte eſt ignoré,
> Par qui le Roy des Roys veut-il être adoré?

Epouvanté du couroux, & de l'indignation
du Saint,

L'Eternel à ses vœux se laissa pénétrer;

Et aussi furieux, que le Poëte, & le Saint, il parle, & au premier mot qui part de sa bouche foudroyante

Les Astres s'ébranlerent
La Terre en tressaillit, les Ligueurs en tremblerent.

Et lorsque Henry cede enfin à la Religion qui l'éclaire; dans le même moment qu'il avance avec elle aux remparts de Paris, le Heros, non plus que le Poëte, n'abandonne pas sa fureur, puisque dès qu'il parle,

Les remparts tombent en sa présence
Les Ligueurs éperdus implorent sa clemence
Les Prêtres sont muets : les Seize épouvantés
Envain cherchent pour fuir des antres écartés.

Voilà comme le Heros de Monsieur de Voltaire soutient jusqu'à la fin son caractere, qui est la bonté.

En verité, Mademoiselle, je suis, aussi-bien que les Seize, épouvanté des fureurs de ce Poëme, & je m'ennuye à lire cette histoire de la Ligue en vers, elle fait plus de plaisir dans la Prose douce, & tranquille de Mr. de Perefixe. Si cet ouvrage étoit veritablement un Poëme Epique, & que sous des Allegories merveilleuses, morales, & bien menagées, on lût toute l'histoire d'Henry IV. & de la Ligue, comme on lit dans l'Eneïde celle d'Auguſte, & des progrès de l'Empire Romain, la lecture en ſeroit agreable, le Livre ſans prix, & l'Auteur digne des applaudiſſemens de ſa Nation; mais partout des deſcriptions puériles, des portraits defigurés, des caracteres mal ſoutenus, des éloges outrés, ou des Satyres odieuſes, & mal fondées, des tirades de vers furieux & inutiles; en un mot, un Poëme ſans regles, ſans art, ſans liaiſon, & ſans conduite, ne ſçauroit qu'inſpirer du mépris, & donner du dégoût.

Je ne ſçaurois goûter les ſentimens de ceux, qui mépriſent les régles, que de grands Maîtres, comme Ariſtote, & Horace ont données de ces ſortes d'ouvrages, & qui diſent qu'Ariſtote a fait ces regles ſur les Poëmes d'Homere, qui les avoit compoſés avant qu'il y eût un Ariſtote; je l'avoüe, mais ces regles d'unité, de convenance, d'égalité, & de proportion ſont un préſent du Ciel, dont il favoriſe les grands Genies; elles naiſſent avec eux, & ils les font briller dans leurs ouvrages; ce ſont ces regles qu'Ariſtote a miſes au jour, après les avoir trouvées dans les chefs-d'œuvres de ces grands Hommes.

Je ne doute pas qu'un Homme aujourd'hui ne puiſſe ſans les regles d'Ariſtote, arranger, polir, figurer, & perfectionner un Poëme, comme Homere, s'il a comme lui une impreſ-ſion de cette ſageſſe, & de cette intelligence celeſte. C'eſt par ces regles de juſteſſe, de ſymetrie, & de beauté, que tous les habiles Artifans travaillent, & c'eft fur des Edifices reguliers, conftruits par d'excellens Architectes, que le fameux Vitruve a donné des regles de l'Architecture, que les plus fenfés admirent, qu'ils fuivent, & fur lefquelles ils jugent de la beauté des ouvrages ; ces regles de beauté, & de proportion, qui font une partie de la Sageffe éternelle, font plus anciennes que Nous, & que le monde même, fur lefquelles il a été fait.

Vous allez peut-être dire encore que j'ai fait peu de remarques fur l'expreffion françoife de ce Poëme ; vous voudriez donc que je fiffe un gros volume de ma Lettre, où dès le commencement j'ai eû l'honneur de vous dire que vous aviez là-deffus le goût plus fin, & plus delicat que moy ; par exemple, ne fentirez-vous pas mieux que moy ce qu'il y a de defectueux dans ces deux expreffions employées dans le premier chant ; l'une eft dans la Propofition du Poëme,

Je chante ce Roy genereux, *qui fut l'amour du Monde*

Cette expreffion, *l'amour du Monde*, qui prife feule, veut dire l'amour des plaifirs mondains, d'abord vous préfente à l'efprit cette fignification, qui lui eft propre & confirmée par l'ufage, & en même-temps celle que Monfieur de Voltaire lui donne, qui eft l'amour de tout l'Univers ; c'eft la premiere qui m'a choqué, à l'ouverture du Livre, outre qu'elle eſt trop outrée dans le ſens même de l'Auteur,

L'autre expreſſion eſt employée dans le même chant, quand le vieillard prophete dit a Henri ſeul & tête à tête avec luy,

Si la verité n'éclaire vos eſprits.
N'eſperez point entrer dans les Murs de Paris.

Elle n'eſt miſe que pour celle-cy, *n'éclaire votre Eſprit*, parceque Monſieur de Voltaire avoit beſoin du pluriel, pour faire la rime.

Si le Prophete avoit parlé à toute l'Armée d'Henry, il eût paſſablement bien dit,

Si la verité n'éclaire vos eſprits, &c.

On diroit bien mieux dans un autre ſens; l'amour échaufe, excite vos eſprits, c'eſt-à-dire les eſprits animaux, qui coulent & circulent avec le ſang dans les veines, mais au nombre ſingulier, je me ſers de ce terme dans ſa propre & véritable ſignification, quand je vous dis que la lumiere qui éclaire votre eſprit, connoît mieux que moi tout le clinquant du Poëme de la Ligue, & le faux brillant des expreſſions de Monſieur de Voltaire

Il n'y a que des Zoïles entêtés de leurs faux ſentimens, & aveuglés par leur vanité qui puiſſent trouver à redire, ou refuſer leur approbation à tout ce que je viens d'avoir l'honneur de vous écrire, où je ne m'écarte point du reſpect que je dois à la Religion, au Roy, &

à l'Etat, mais je vous déclare que je suis l'ennemi juré des licences qui blessent la modestie, & des impietés de quelques Ecrivains de nos jours ; & que je fais peu de cas de ces Esprits forts , qui se mettent audessus de toutes les regles des grands Maîtres dans ce qui regarde les beaux Arts , & audessus des Saints Peres, & de tous les Theologiens en ce qui regarde la Religion, débitant dans les Cercles publics, d'un air dominant & emporté , comme des choses sûres, & solides, leurs folles maximes, & leurs opinions chimeriques & dereglées, pour ne rien dire de plus fort.

Mais pour finir par un éloge , je vous dirai, Mademoiselle, que la Tragedie, la Comedie, & le Poëme Epique , font trois sortes d'ouvrages, qu'on appelle , quand ils sont parfaits , des chefs-d'œuvres de l'Esprit Humain, & je crois que Monsieur de Voltaire sera, peutêtre, capable d'en venir à bout mieux qu'un autre , quand ce bel Esprit qui ne fait que naître, sera parvenu à sa maturité.

Il doit donc à présent avoüer sa foiblesse , & dire sincérement à ses Flateurs, ce que feu Monsieur Despreaux n'a dit de lui que par humilité ,

En attendant qu'un jour l'âge ait muri ma Muse ,
Sur de moindres sujets je l'exerce & l'amuse.

Il doit faire une grande difference entre la gravité d'un Poëme Epique , & le badinage

Marotique, où quelques tendres, & amou-
reuses bagatelles, dont la vanité ne fait qu'en
orgüeillir un jeune Auteur, & le remplir d'une
présomption perilleuse. Vous sçavez ce qui
arriva au jeune Phaëton, qui osa manquant
de force, & sans sçavoir la route qu'il falloit tenir dans le Ciel, conduire le Char du
Soleil son Pere, & éclairer le Monde. Vous
n'ignorez pas non plus la chute du fameux Icare
fils de Dédale, qui s'éleva dans l'air sur des
Aîles de Cire ; l'ambition de leur folle jeunesse
fut la cause de leur honte, & de leur perte :
le premier foudroyé par Jupiter tomba dans
les Eaux du Pô & s'y noya ; l'autre, dont les
Ailes fondirent aux rayons du Soleil, tomba
du haut des nuës dans la Mer, où il fut en-
glouti dans les flots : leur nom depuis n'a servi,
que d'une honteuse comparaison contre les Esprits temeraires, & ambitieux ; & l'on peut
déja dire ici,

La Seine avec effroi voit sur ses bords sçavans,
Les feüillets de la Ligue abandonnés aux vents,

en s'exprimant plus naturellement, & plus
proprement que lorsque notre Icare François
a dit au commencement de son quatriéme
Chant

La Seine avec effroi voit sur ses bords sanglants
Les Drapeaux de la Ligue abandonnés aux Vents.

Jugez des deux endroits, où cette expres-

fion, *Abandonnés aux Vents*, eſt placée ; vous
verrez que dans ma Parodie elle eſt ſerieuſe,
& ironique en même-temps; & dans les deux
Vers que j'ai parodiés, elle eſt ſeulement ſerieuſe, mais dans le ſtile bas, & ironique, &
veut dire, *deployés*. Mille autres pourront bien
ne pas ſentir ma critique, comme moy qui
fais tous mes efforts pour vous faire plaiſir, &
qui ſerai toute ma vie, avec une très profonde,
& très reſpectueuſe ſoumiſſion à vos ordres,

MADEMOISELLE,

Votre très humble, & très-obeïſſant
Serviteur, DE BELLECHAUME.

J'Ay lû par l'ordre de Monseigneur le Garde des Sceaux une seconde Lettre & Critique generale ou parallele des trois Poëmes Epiques, &c. A Paris ce 23. May 1724. BLANCHARD.

PRIVILEGE DU ROY.

LOUIS PAR LA GRACE DE DIEU, ROY DE FRANCE ET DE NAVARRE : à nos Amés & feaux Conseillers les Gens tenans nos Cours de Parlement, Maîtres des Requestes ordinaires de notre Hôtel, Grand Conseil, Prevôt de Paris, Baillifs, Senechaux, leurs Lieutenans Civils & autres nos Justiciers qu'il appartiendra, Salut. Notre bien Amé Pierre Prault, Libraire & Imprimeur à Paris Nous a fait exposer qu'il souhaiteroit imprimer ou faire imprimer, & donner au public, *Seconde Lettre & Critique generale du Poëme Epique de la Ligue*; s'il nous plaisoit lui accorder nos Lettres de Permission sur ce necessaires, Nous avons permis, & permettons par ces présentes audit Prault d'imprimer ou faire imprimer ledit Livre en telle forme, marge, caractere conjointement ou séparement, & autant de fois que bon lui semblera, & de le vendre, faire vendre, & debiter par tout notre Royaume, pendant le temps de trois Années consecutives, à compter du jour de la date desdites présentes; faisons défenses à tous Imprimeurs Libraires, & autres personnes de quelque qualité & condition qu'elles soient d'en introduire d'impression étrangere dans aucun lieu de notre obeïssance; à la charge que ces présentes seront enregistrées tout au long sur le Registre de la Communauté des Libraires & Imprimeurs de Paris , & ce dans trois mois de la datte d'icelles ; que l'impression de ce Livre sera faite dans notre Royaume , & non ailleurs , en bon Papier , & en beaux Caracteres conformement aux Reglemens de la Librairie , & qu'avant que de l'exposer en vente , le Manuscrit ou Imprimé qui aura servi de copie à l'impression dudit Livre sera remis dans le même état où l'Approbation y aura été donnée ès mains de notre très-cher & feal Chevalier Garde des Sceaux de France le Sieur Fleuriau Darmenonville Commandeur de nos ordres , & qu'il en sera ensuite remis deux Exemplaires dans notre Bibliotheque publique , un dans celle de notre Château du Louvre , & un dans celle de notre très cher & feal Chevalier Garde des Sceaux de France le Sieur Fleuriau Darmenonville Commandeur de nos Ordres , le tout à peine de nullité des présentes , du contenu desquelles vous mandons , & enjoignons de faire joüir l'Exposant ou ses ayans causes pleinement & paisiblement sans souffrir qu'il leur soit fait aucun trouble ou empêchemens; Voulons qu'à la copie desdites présentes, qui sera imprimée tout au long au commencement ou à la fin dudit Livre , foy soit ajoûtée comme à l'Original. Commandons au premier notre Huissier ou Sergent de faire pour l'execution d'icelles tous actes requis & necessaires sans demander autre permission , & nonobstant Clameur de Haro , Charte Normande , & Lettres à ce contraires: Car tel est notre plaisir. Donné à Paris le premier jour du mois de Juin , l'An de grace mil sept cens vingt-quatre , & de notre Regne le neuviéme. Par le Roy en son Conseil , CARPOT.

Registré sur le Registre cinquiéme de la Chambre Royale des Libraires & Imprimeurs de Paris No. 855. Fol. 541. conformement aux anciens Reglemens, confirmés par celuy du 28. Février 1723. à Paris le 9. Juin 1724. signé BRUNET, Syndic.

www.ingramcontent.com/pod-product-compliance
Lightning Source LLC
LaVergne TN
LVHW020553060726
842525LV00004B/1440